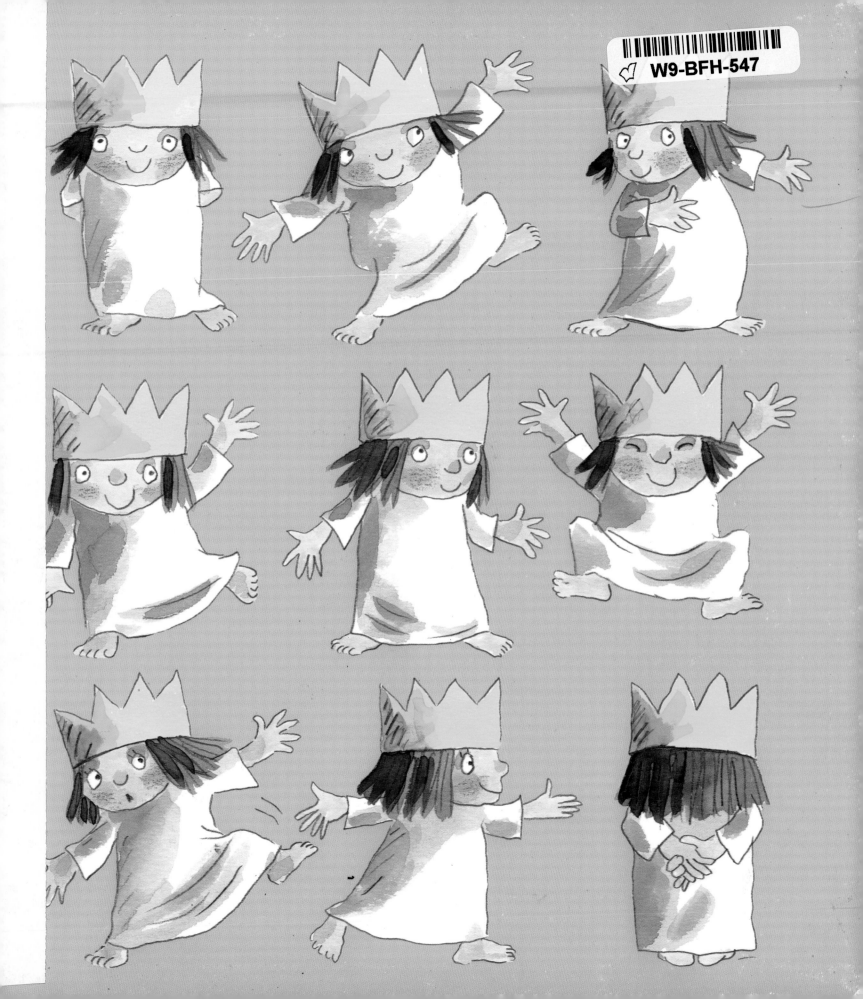

Traduit de l'anglais par Anne de Bouchony

ISBN : 978-2-07-064002-7
Titre original : *I Want a Party !*
Publié par Andersen Press Ltd., Londres
© Tony Ross 2011, pour le texte et les illustrations
© Gallimard Jeunesse 2011, pour l'édition française
Numéro d'édition : 182413
Loi n° 49-956 du 16 juillet 1949
sur les publications destinées à la jeunesse
Dépôt légal : août 2011
Imprimé à Singapour

Tony Ross

Je veux une fête !

GALLIMARD JEUNESSE

La petite princesse s'ennuyait à mourir !
– Je veux une fête, dit-elle.

– Mais, ce n'est pas Noël ! dit sa mère.
– Je ne veux pas une fête pour Noël, répondit la petite princesse.
Je veux une fête tout simplement.

– Mais ce n'est pas ton anniversaire ! dit le roi.
– Je ne veux pas une fête pour mon anniversaire,
je veux une fête tout simplement.

Alors, la petite princesse passa le reste de la semaine
à écrire toutes les invitations.

Le cuisinier l'aida à faire son gâteau de fête et à préparer
la gelée la plus tremblotante du monde.

– Puis-je t'aider ? demanda le Premier ministre.
– Oui, merci beaucoup, pour fabriquer quelques chapeaux de fête.

Le général lui montra comment jouer à son jeu favori.
– Il ne faut pas tricher ! dit-il.
Il savait qu'elle serait tentée de le faire.

Et, toutes les nuits, la petite princesse rêvait de sa fête.
Ce serait la plus belle fête de tous les temps.

Quand le grand jour arriva enfin, la petite princesse
mit sa robe préférée et sa plus belle couronne.

Le roi l'aida à gonfler tous les ballons…

La reine mit une dernière main à la décoration…

Et la gouvernante remplit les pochettes-surprises.

Tout était enfin prêt pour la grande fête…

Mais personne ne vint. Vraiment personne.

Une larme roula sur la joue de la petite princesse.
– Comment se fait-il que personne ne soit venu à ma fête, soupira-t-elle.

À cet instant, on frappa à la porte.
La petite princesse se précipita pour ouvrir.
Il n'y avait qu'une seule personne. Et c'était sa meilleure amie.

– Bonjour, dit-elle. J'organise une fête la semaine prochaine,
et j'aimerais bien que tu viennes. S'IL TE PLAÎT, viens.
Et elle tendit l'invitation à la petite princesse.

– Merci, j'adorerais venir, dit la petite princesse.
Entre, j'ai préparé une fête, RIEN QUE POUR TOI !

La petite princesse et sa meilleure amie s'amusèrent follement.
Quand il n'y a qu'une invitée, le principal est que ce soit sa meilleure amie.

À la fin de la fête, la meilleure amie repartit
les bras chargés de pochettes-surprises.

« C'était la plus belle fête de tous les temps ! »
se dit la petite princesse.

... EXCEPTÉ, BIEN SÛR,
CELLE DE LA SEMAINE PROCHAINE !

La petite princesse
aux Éditions Gallimard Jeunesse

Je veux grandir !

Je veux manger !

Je veux une petite sœur !

Je ne veux pas aller à l'hôpital !

Je veux ma tétine !

Lave-toi les mains !

Je veux ma dent !

Je ne veux pas aller au lit !

Je veux ma maman !

Je veux un ami !

Je veux mon cadeau !

Je ne veux pas changer de maison !

Je veux de la lumière !

Je veux le faire toute seule !

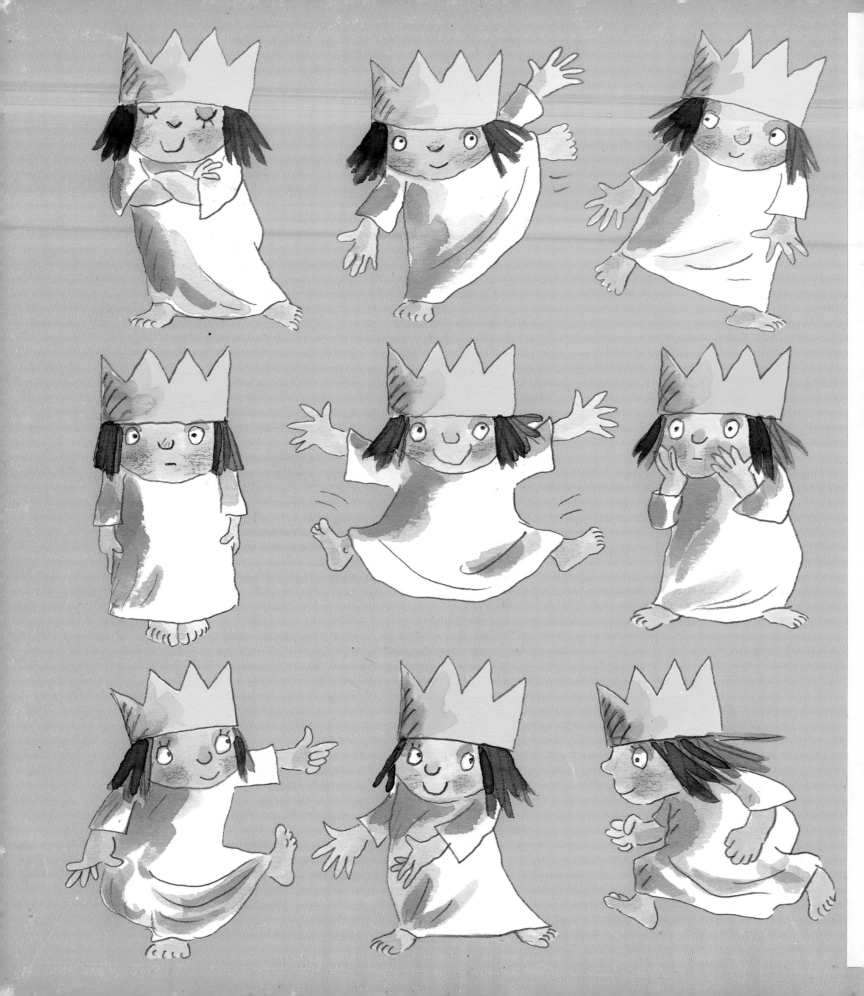